ZUN

CB066712

AOS
RETIRAN

AVISO
EDENILTON LAMPIÃO

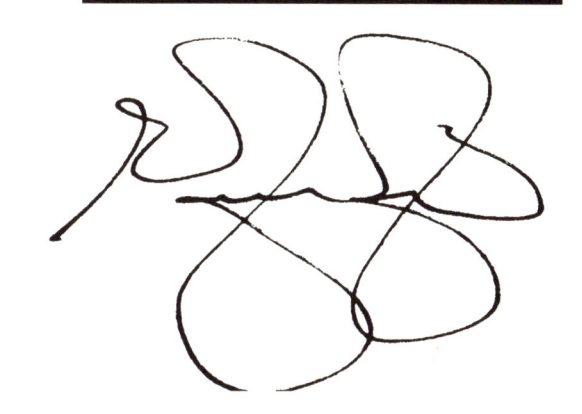

TES

Este livro é um dedicado livro a:
Di, pessoa que mais me ama em vida,
e aos frutos dessa emoção, e eles são
Guilherme Sierra de Araújo, *forever young* Gui, e
Luís Fernando Sierra de Araújo, só Luz.

E aí estão homenageadas todas as tantas
e tantas famílias não filiadas às velhas máfias.

E lembrem-se: pós-84, tudo é 85.

APRESENTAÇÃO

Sinto, numa ocasião como a presente, não possuir uma pena desenvolta e capaz para poder imprimir nesta despretensiosa página introdutória uma ampla apreciação que este trabalho merece, pela profunda significação dos pensamentos e concepções que encerra.

Hoje em dia, os fenômenos, os acontecimentos estranhos, inexplicáveis, que há séculos vêm ocorrendo em todas as partes do mundo, não são mais, como até poucas décadas, relegados, desprezados pelas ciências em geral, que os atribuíam, levianamente, à ilusão, à alucinação, ou à mistificação e fantasia do espírito humano.

É interessante constatar (o que faremos de forma sucinta) que, a nosso ver, cinco foram os adventos que nestes últimos tempos abalaram os postulados, as leis e os princípios estabelecidos pela Ciência e pelos clássicos sistemas filosóficos.

Os três primeiros desses adventos, ou fatores que ocasionaram essa revolução no entendimento humano foram, cronologicamente, o surgimento, no Ocidente, do Espiritismo kardecista, do Ocultismo oriental e da Parapsicologia; os outros dois fatores, ou causas, foram as fabulosas descobertas das ciências, principalmente no campo da Cosmologia, da Biologia e da Física; e, por último, e talvez o mais extraordinário, o irrompimento apocalíptico dos misteriosos OVNI que, de uns 40 anos pra cá, passaram a cruzar os céus de todos os quadrantes da Terra, assombrando as gentes e intrigando os sábios.

Foi, sem dúvida, essa verdadeira revolução na ordem das coisas e da vida que provocou na insondável mente humana um novo estilo de pensar e de conhecer a realidade.

Aviso aos retirantes, do inquieto e arguto jornalista e escritor Edenilton Lampião, é uma interessantíssima contribuição a essa nova literatura, que vem alertando cada vez mais os seus numerosos e aficionados leitores.

Oportuno lembrar, ao encerrar esta rápida apresentação das introspectivas cogitações de Edenilton, as palavras de um dos maiores pensadores deste século, Bertrand Russell (1872-1970). Disse o filósofo: "Antes de morrer, devo ainda encontrar uma possibilidade de expressar o essencial que existe dentro de mim e que nunca ainda exprimi, algo que não é nem amor, nem ódio, nem compaixão, nem desprezo, mas que é o hálito quente da própria vida, vindo de longe, que traz para a vida humana a força imensurável, assustadora, admirável, inexorável das coisas sobre-humanas".

São Paulo, 21 de março de 1985.
Cláudio Villas-Bôas e Orlando Villas-Bôas

INTRODUÇÃO

Em novembro de 1970, em plena euforia epiléptica do desgoverno do general Emílio e ainda aos acordes do tri futebolístico no México, vi-me na redação do *Jornal da Tarde*. O destino e a boa-fé de algumas inesquecíveis pessoas me proporcionaram o primeiro emprego como repórter profissional. Foi joia. Aprendi cedo a vivenciar o mundo paranoico das comunicações e o *establishment* ficou meio nu diante de meus incrédulos jovens par de olhos. Minha terceira visão então dormia. Os napalms da vida ainda não haviam explodido minha mente nas mil direções. Toda a loucura *pop* e a esquizofrenia política – paralelas que insistem em fingir encruzilhadas – conviviam naquela fervilhante redação, então ainda instalada no quinto andar do histórico (e verdadeiro) prédio de *O Estado de S. Paulo*, na esquina da Consolação com a Major Quedinho.

Por que falar deste começo, desta iniciação jornalística, às vésperas de me distanciar precisamente 15 anos de tudo isso?

É que a louca viagem que se seguiu tem a ver com *Aviso aos retirantes*. O desfile incessante de ideias, a marcha das barganhas, o questionamento geral, cometas chegando, sexo, drogas e *rock*, atentados de todos os tipos e a todos os pudores; a imprensa neste tempo todo se fez de gata e sapato para tentar ecoar esse complicadíssimo quadro. O que são as bancas de jornais atuais, por exemplo, numa cidade como São Paulo? Poucas pessoas se detêm para verificar e, sobretudo, analisar o fenômeno da banca: crimes, perfumarias telegráficas, polícia e política, culturas alternativas, como vencer na vida, como perdê-la, o chique e o podre, a ideologia e a contramarcha desta. Para que o quadro assustador se delineie por completo, basta somar, mentalmente, o panorama ecumênico visto das bancas de jornais com a vitrine de uma grande livraria dessa mesma e apaixonante metrópole, terra dos deuses da chuva e da morte. Já se terá aí a noção real de até onde as indagações e as ousadias humanas conduziram seus heróis, nós. É a loucura total em forma de paisagem daquilo que se passa no interior dos seres e da sociedade que habitam. São Paulo é uma epigrama em faíscas.

Os avisos aos retirantes só surgiram depois que minha mente e minha experiência jornalística entraram de sola nesta britadeira toda. Foram necessários três anos de *Jornal da Tarde*, outros tantos entre *O Globo*, no Rio de Janeiro, e sua sucursal paulista, a *Folha de S.Paulo* e o *Folhetim*, as muitas publicações e revistas alternativas e contraculturais, lugares ermos por onde fui deixando minha assinatura e meu espanto alegre. É, pois sem alegria não há espanto que resista. Em meio a tudo isso, muita estrada, as reais e aquelas que os sonhos desenham, mas faltava o essencial: uma revista como a *Planeta*, a nossa brasileiríssima *Planeta*, já distante, no conteúdo e na forma, da matriz primária da *Planète* francesa.

Esta coisa tão sagradamente esperada me caiu nas mãos logo aos primeiros acordes de 1980. A direção geral e a redação da *Planeta* me foram confiadas mas, na verdade, quem fez a catarse fui eu. Luís Pellegrini, por razões que até Xangô teima em me ocultar, surpreendeu-me com o convite para sucedê-lo. Eu estava bem calejado, já sabia um pouco mais sobre eu mesmo, e — isso num *flash* assim rapidíssimo — julguei poder entender por que uma força estranhíssima me fazia ficar até 12 horas seguidas enfurnado na ala de ocultismo da Biblioteca Mário de Andrade (por sinal, esse arejado ambiente de pesquisa sempre esteve a dois passos de mim e de meus empregos, como no caso da velha redação do *Jornal da Tarde* e da sucursal de *O Globo*, instaladas nas cercanias). Aliás, não posso deixar de aconselhar: os subterrâneos dessa biblioteca são os mais ricos, férteis, raros e variados em matéria de Ocultismo, Magia e Esoterismo de todas as eras existente em nosso país. Depois da Mário de Andrade, posso lhes assegurar que, em andanças por essas estantes Brasil afora, constatei que só o Real Gabinete Português de Leitura, no Rio de Janeiro, permite mergulhos tão ricos. *Planeta* me surgiu como a luva mais perfeita, depois de exatamente uma década de jornalismo em todas as frentes. Disse, de migo para comigo: "Lampa, segura que *tá* fervendo". Segurei a revista por mais de três anos.

Uma vivência diuturna – não tinha sossego nem durante uma mera viagem astral – com a maior parafernália de ideias, seitas, terapias, conceitos, filosofias, posturas e propostas que convergiam para o único órgão brasileiro de imprensa que estava francamente abrindo espaço às suas manifestações. Agora, meu, agora todo mundo já fala de tudo, e isso é que é o sabor gostoso da vitória, e não pasta Kolynos.

Por enquanto isto chega até vocês destilado em forma de saques, toques, reflexões, memórias de dias e noites impagáveis. Depois, se tiverem saco, conta toda essa loucura com mais detalhes. Porém, como se disse, para que uma certa *overdose* não pire a todos, por enquanto, o que posso lhes passar desse agito todo são estes telegramas sensoriais.

Ou simplesmente: aviso aos retirantes.

(EL)

I

Agora, já em seu rápido caminhar rumo ao nada, a sociedade xarope contemporânea ri das próprias chagas. Lembra um cachorro a lamber as próprias feridas, como se de sua saliva exalasse algum milagroso antídoto contra o cancro irreversível. Mesmo assim, a luxúria deste chiqueiro de porcos é atraente. Tudo se "metropoliza". O sonho da universidade faz o campesino acreditar nos arranha-céus e o homem urbano cair na ilusão de que o Paraíso será o próximo *weekend*.

Toda metrópole é um sonho, fruto de delírios do porvir, seja ela São Paulo ou a tímida Brasília. Moro a poucos passos da velha árvore das Lágrimas, aqui em São Paulo, lá pelos lados do Sacomã, no histórico bairro do Ipiranga. Passo todos os dias por ela e cumprimento o que restou de seus galhos e troncos, hoje sustentados por um pilar de cimento, espécie de muleta que a cidade lhe emprestou para que ela, árvore das Lágrimas, contemple de pé o fracasso – diríamos sucesso? – dos projetos de José de Anchieta. Dali, daquela árvore, partiam as bandeiras, outro delírio, outro massacre, outro grande equívoco contemporâneo que só o sangue e a dor da alma hão de resgatar.

O manipular prematuro de certos mistérios da matéria fez o homem transformar a tecnologia num brinquedo divertido, inesgotável e, o que é bem pior, insaciável. Mergulhados numa civilização que se desinteressou pela alma humana, vamos assistir, nesta virada de século, ao simples e rápido o retorno às cavernas, aos ruídos guturais e, para alegria dos monges, à volta ao silêncio milenar.

O ensino – do primário ao superior – perdeu o sentido a partir do momento em que todo o utilitarismo chantagista entrou em cena para fazer das inteligências verdadeiras baterias elétricas. As drogas e os delírios. Milhões de bêbados por esta Chicago tropical, cigarros que se acendem ao sabor e impulsos da propaganda. Por que o álcool e o tabaco careta interessam aos donos do poder? A corrupção e a mentira, a marcha das utopias, a miséria social, a castração ideológica, o fechamento em círculos, o lento observar da Fraternidade Branca.

Um novo sistema nervoso há de irrigar as colunas vertebrais, destruindo o "sonho feliz de cidade" em troca de um sonho feliz de cidadão. Pensamentos loucos atravessam a crosta terrestre, ideais de civilização em choque, há um dique prestes a explodir. O sonho encrespou. Deus está torto, (p)irado, quiçá conosco. É fácil saber de onde vem a luz da Light, mas não é nada simples compreender de onde vem a luz dos olhos. Quem se aliena das estrelas não vê miséria no asfalto.

Vale recordar: "Idi Amin"* é antítese de "Vinde Ati".

---

* Idi Amin foi um dos mais sanguinários ditadores africanos. Governou Uganda de 1971 a 1979, compondo o cenário de ditadores sanguinários que também assombravam, especialmente, a América Latina. Lampião criou um jogo de linguagem com o nome do ditador, "ide a mim" é o oposto de "vinde a ti".

II

Às vezes, é viajando que a gente se entende. Pois em andanças por esse Brasil afora, atendendo a convites generosos de leitores e entidades, podemos notar uma ótima convergência entre as mais cariadas correntes, todas, agora mais do que nunca, conscientes de que só a soma de energia positiva, branca, aquele prana vital necessário à batalha decisiva contra as correntes negras, só é obtido na harmonização, filha do ecumenismo e do espírito aberto. Os perigos são muitos e a batalha está esquentando. Os ágeis ativistas da Falange Maitreya movimentam-se por todo o Brasil, promovendo encontros e eventos, ao mesmo tempo em que os grandes meios de comunicação, sem ter como dar costas à História, abrem suas utilíssimas portas à maior discussão de metas, rumos e propósitos já registrada na História conhecida dos homens. Aviso aos retirantes: quem cala também é contente.

III

Certa vez, a convite do insuspeito Mário Schenberg, que então o ciceroneava aqui pelas antropofágicas terras do novo Aeon, o semiólogo Humberto Eco percorreu alguns terreiros de cultos afros os mais variados. Parecia então ainda estar à procura d'*O nome da rosa*. Humberto fazia--se acompanhar pela família. Qual não foi sua surpresa quando caboclos e entidades variadas "baixaram" em quase toda a família do italiano. Schenberg, vocês sabem, é um dos físicos mais respeitados e renomados da Terra, foi amigo e colaborador do pisciano Einstein, é canceriano em todos os sentidos, e jamais desprezaria o fenômeno do sincretismo afro-brasileiro, num país mulato como o nosso. Sabe-se, também, que uma das coisas mais mentirosas do Brasil é o censo, principalmente em matéria de religião – somos o país menos católico do mundo, essa é que é a verdade, pois poucos são os que confessam suas reais práticas. O carnaval em torno das visitas de João Paulo II, o católico (principalmente ao Brasil), foi muito mais um bem urdido lance de *marketing* do que sinal de respeito pela sua tão discutida infalibilidade. Aliás, nada é mais condenável no passado das religiões do que o nebuloso passado do catolicismo – um dia, as masmorras e os porões do Vaticano ainda haverão de ser abertas, para que delas extraiamos tudo quanto o catolicismo romano contribuiu para o atraso da humanidade. Galileu que o diga. Então Gilberto Freyre é quem está certo. Ele diz ser impossível saber quantos praticam candomblé, umbanda, quimbanda, catimbó e outras transas afro-brasileiras no Brasil, pois que a maioria procura as mães e pais de santo na surdina, da forma mais enrustida possível. Mas isso não significa que se acendam velas a deuses e demônios. Trata-se apenas de constatar um fenômeno de sincretismo e fé, o país assumindo – aos poucos, é verdade – a sua verdadeira identidade nacional. Os profetas do Movimento Antropofágico anteviram tudo isso. Os pretos velhos são sábios, assim como o *yaqui* mexicano Don Juan também o é. A sabedoria não está na escolástica exclusivamente, mas na maneira simples, direta (o que muitos detestam, preferindo a subjetividade e os devaneios intelectualoides), a sabedoria está, enfim, na forma penetrante com que é retransmitida. A terra batida dos terreiros tem tudo para mandar os divãs às favas. Telex aos retirantes: Axé!

IV

Quando a Matemática, a Física ou a Metafísica o afligiam, Albert Einstein contava que agia da forma mais pisciana possível: deitava-se na cama, entrava no estado mental adequado e, livre das tensões e imerso nos altos planos da consciência, buscava ali os lampejos intuitivos que acabariam por revolucionar a Física, a Astrofísica e – por que não? – a Filosofia modernas. Tensão e cabreiragem nunca foram a ponte ideal para libertar a inteligência e o bem agir. Sabe-se que a única vantagem dos antidistônicos é fazer ver ao homem o quanto a paz é importante e, sobretudo, produtiva, além de socialmente benéfica e, sendo assim, deve ser buscada por vias naturais a qualquer custo. A reflexão vem a propósito deste enigmático e excitante 1985, que já dá sinais do muito que ainda veremos. Vamos repetir este aviso já dado aos retirantes: o pior cego é aquele que finge ver.

V

Em *O despertar dos mágicos*, obra máxima e revolucionária da dupla Pauwels-Bergier, lê-se uma projeção muito bem fundamentada: "No futuro, a religião não será algo institucionalizado e preconcebido para ser praticado pelas pessoas. Ao contrário, ela, a religião, será livre e se manifestará no interior dos homens". Ou seja: pacto sincero e informal. Ao mesmo tempo em que liberta as pessoas dos grilhões de certas ditaduras "espiritualistas", essa nova postura, preconizada pelos fundadores da revista *Planète*, francesa, atira nós todos em direção à grande e decisiva aventura: o procurar desvendar-se a partir de si próprio, ser cobaia de si mesmo, sentir-se inquilino e locatário dentro de um relicário de segredos. A humanidade – querem alguns – já teve lá o seu passado áureo. São os chamados bons tempos, que ninguém sabe exatamente onde foram parar ou se de fato existiram mesmo. A Terra seria então verdadeiramente o paraíso do Criador, a menina dos olhos dos viajantes intergalácticos, a aura azul-incandescente da bola oca vibrava qual usina de ondas positivas. Desse passado misterioso chegam-nos vestígios pálidos. Suas pistas já alimentaram volumes e mais volumes de Antropologia e Arqueologia, mobilizando-se etnólogos e bioquímicos, físicos e telepatas, sonares e muita intuição. Mas o mistério se resguarda a si mesmo. Franzindo a testa de tanta concentração, uma criança me disse, há pouco, que tão difícil quanto imaginar o Universo infinito é tentar imaginá-lo finito. Ambas as imagens são surrealistas demais até mesmo para um Dalí. O Universo tendo uma "muralha" a por-lhe um fim limítrofe a determinado ponto de suas vastidões imagináveis? Rá! A austeridade dos tempos de guerra já começa a ganhar consistência no interior daqueles mais precavidos e menos robotizados pela lenga-lenga de que "tudo está normal". Aviso aos retirantes: quando o tempo ruge, até o rato ruge.

VI

O modelo socioeconômico, ora em fase de sincretização antropofágica por todos os recantos do Brasil, escapa aos especuladore3s da Futurologia. Até o deus do tempo está aguardando para ver no que vai dar. Determinados picos de manifestação artística, às vezes, nos fornecem *flashes* rapidíssimos deste futuro palpável. No mais, ninguém na verdade está autorizado a falar em nome da nação brasileira. O sentimento de liberdade e igualdade do índio, a força do negro acoplada à necessidade portuguesa das aventuras, a engenhosidade prática dos orientais, a criatividade mutante e irrequieta dos judeus e mais os toques sutis da Energia Maitreya são algumas das pitadas contemporâneas a correr no sangue deste singularíssimo ser. No mais, as precárias ferramentas caretas da sociologia histórica passam ao largo da convulsão cotidiana universal, que nos chega por todos os lados sem parar, sem parar feito avalanche. Muito ainda há de se definir no complexo jogo internacional e os movimentos telúricos ainda não se expressaram com a potência que os videntes vislumbram e os radares detectam. Bilionário, porém caboclo, o inconsciente coletivo brasileiro ainda não está preparado para tamanha *overdose* de grandeza. Aviso aos retirantes: devagar se vai ao monge.

VII

Não fosse a África, esse continente tão etnicamente fragmentado e sem união, e não tivesse a política ressuscitado nos hindus a insanidade das hordas bárbaras, o Brasil bem que poderia contar com esses fortes aliados para impor ao mundo a novíssima estética sócio-filosófica-cultural da Era de Aquário. Mas dispomos de força, maná, tutano, originalidade e muito axé para encarar esse trampo todo? O Brasil é irreversível. Os EUA anunciam que estão superando sua maior crise desde a grande depressão de 1929, mas evita dizer que está conseguindo isso às custas da fome e do arrocho dos países devedores (pela primeira vez na História conhecida dos homens, os saqueados é que são os devedores. Rá!), arrocho este que ameaça desestabilizar de vez o já precário equilíbrio político-econômico-social das repúblicas do Centro e do Cone Sul da América. Sempre que um império massacra suas "colônias" para salvar a si mesmo do naufrágio histórico, esse império cai e vai para a lata de lixo da História. Aos retirantes: na bola, na música, no cinema, nesse sentido, o Brasil não tem problema: "Arte como moeda forte", esse é o nosso lema.

VIII

Condenada geológica (área sujeita a vulcões, terremotos e maremotos) e politicamente (algo de maiores proporções que o Vietnã arma-se por ali), a América Central, ao lado do Oriente Médio, constitui hoje a área em ebulição na face da Terra mais propícia à reflexão. "Política é o fim", diz Caetano Veloso. Ao mesmo tempo, em *A guerra secreta do petróleo*, Jacques Bergier denuncia que apenas algumas famílias e fechadíssimas sociedades esotéricas são quem realmente conduzem os destinos do planeta, e os demais (Reagan, Chernenko, Khol, Kadafi ou Tancredo) são apenas marionetes inconscientes, fantoches de um jogo que lhes escapa ao controle e à consciência. O mistério da humanidade é algo mais profundo do que julga a vã política. Aviso aos retirantes: ajoelhou, tem que levantar.

IX

Dizem que o marcante nas utopias é que elas se baseiam no óbvio. Na filosofia rodriguiana, o óbvio sempre aparece como justamente aquilo que menos se percebe. Assim, vem a calhar um certo trechinho pinçado à página 102 de *As sociedades secretas governam o mundo*, obra de Pierre Mariel: "A união das forças não é uma adição, mas uma multiplicação. Daí a necessidade de reduzir a propriedade individual ao mínimo e de estruturar uma constituição política aceita, mas não imposta". Já se disse que a nova revolução, esta ora em marcha, não pode ser detida pela violência, e terá um novo pacto social a sua consequência última. Aviso aos retirantes: nem só de pão vive o lanche.

X

Tensa e enigmática, a década de 1980 parece prenhe de um ser insondável, impenetrável em seu *bunker*: o que está por nascer? Mais sensíveis que os últimos dos radares, as antenas dos animais há tempos estão em permanente prontidão, como a não querer perder um só lance deste estranho desenrolar. A ideologia da cultura parece renascer principalmente no Terceiro Mundo (o mais próximo da quarta dimensão). A Arte e seus mentores é que estão mais em polvorosa nesse imbróglio todo. Filha e herdeira da intuição (que finalmente reassume a sua função maternal de farol nas trevas), a Arte toca fundo a memória adormecida da humanidade. Nesse toque de "vara de condão" parece residir toda a esperança contemporânea, esperança de saber que só no arquivo ancestral da espécie pode repousar a salvação, nesse estágio da caminhada. A lenda da Bela Adormecida é o sinal. A transposição da Era dos Fatos para a Era dos Símbolos, metalinguagem do éter.

XI

O olhar de desdém com que os neoaquarianos eram saudados pelas estradas no início dos anos 1960, quando o *establishment* pensava que aquele agito todo resumia-se apenas em preguiça de tomar banho e cortar cabelo, agora aquele mesmo olhar contém algo de súplica e respeito, quando vê as pessoas lúcidas e conscientes que hoje são a bandeira ambulante do mundo alternativo. Quem não se movimenta se lamenta. Queda-se, apenas, vendo caravanas a passar. Ativistas positivos de todos os matizes da Falange, cujos clarins estão pra lá das fronteiras caretas e nacionalistas (e é sempre bom lembrar que qualquer nacionalismo tem algo de lesa-humanidade), empregam toda sua energia e bondade no sentido de fazer ver aos incautos que Babilônia alguma faz verão. Militares, trapezistas, homens a bordo de miragens, tripulantes de discos voadores, negra(o) que faz acarajé, *punks* e todas as novas correntes da Libelu do B, gênios e idiotas, uni-vos! Deus está torto, solto e cada vez mais novo, quiçá conosco. Aviso aos retirantes: não há fugir.

XII

Social e espiritualmente disponível, o Brasil interessa aos economistas, cientistas políticos e não políticos e ao ocultismo em geral. Mas que isto não caia em mãos de qualquer nacionalismo irresponsável (e todo nacionalismo tem algo de lesa-humanidade), irrefletido e egoísta. Um dos exemplos de grandeza que devemos dar à Terra deve ser o de estender nossa visão para além das fronteiras caretas e convencionais. Os astros estão a favor, as profecias também, há uma forte carga energética no ar; algo mais do que o Cruzeiro do Sul enfeita nossos céus. Vamos exportar nossa arte, esse irresistível veículo transformador. Outro aviso aos retirantes: quem ri na hora certa ri melhor.

XIII

Só os insatisfeitos e masoquistas ainda esperam pelo apocalipse para cair numa real de que o caos já está aí. Para um bom sofredor, meio pontapé já basta. Para mim, podem parar por aí que a demonstração de insanidade foi até longe demais, tudo já muito ao vivo. A Falange Maitreya, assim como tudo o mais que se desenrola ao sul do equador, escapa às potências de Norte América e certos redutos europeus. Em verdade, as "potências" é que são os grandes palhaços da crise. Pedem aplauso para um espetáculo que prima pela pobreza total. Falta o projeto brilhante. As esquerdas, órfãos de Marx e mãe, abrigam-se nas favelas que se armam sobre os escombros filosóficos da Sorbonne . Uma inteligência não é uma britadeira elétrica. De que vale ter os pés na terra durante um terremoto? Mas o império, quanto mais decadente, mais atraente. A desgraça parece atiçar o faro dos abutres, que dela sabem tirar proveito com maestria. Do alto da colina, brada o profeta com seu cajado de platina. Aviso aos retirantes: Liberdade, ainda que em tal dia!

XIV

Há quem diga que o ecumenismo – nestes tempos de Babel – deverá ser também a atitude ideal a ser tomada diante da alimentação. Esse posicionamento há de ser assumido, sobretudo pelo brasileiro, esse ser mutante da antropofágica terra do novo Aeon. Assim como deglutimos – e graças aos Oswalds da vida, sem grandes indigestões –, assim como assimilamos e retransformamos religiões e éticas, teorias políticas e psicanalíticas, dicas esotéricas e exotéricas, artes, enfim, tudo aquilo que nos chega do exterior (inclusive as pessoas, pois aqui está o "caldeirão das raças"), assim também devemos encarar e reeducar aqueles que nos chegam com "dietas" alimentares de suas terras de origem, como se tais cardápios fossem a palavra definitiva em matéria de boa mesa. Essa atitude de nossa parte é não só saudável como também necessária, pois eu mesmo já presenciei acaloradas discussões (por bem pouco não saíram aos tapas), tendo por tema, quem diria, qual determinada ética alimentar era a mais tchã. Como boa parte do Japão vai mesmo submergir, vamos antes à página 80 do livro *Mente, corpo e destino*, de Katsumi Tokuhisa, um dos ideólogos da seicho-no-ie, onde ele nos lembra: "Mesmo que se coma qualquer coisa, não quer dizer que a comida irá constituir diretamente uma parte do corpo".

De Salvador Dalí a Rabindranath Tagore, do lendário coronel Fawcett às receitas de dona Benta, de Pero Vaz "Carta ao Rei" de Caminha a toda gastronomia neoaquariana, todos reconhecem no Brasil o paraíso da terra farta e nutritiva alimentação. Tudo aproveitado (e de forma cada vez mais saborosa) graças aos empréstimos e misturas de tempos herdados de negros e índios, portugueses e alemães, japoneses e árabes (ah, o tempero árabe), hindus e norte-americanos (ainda chegaremos ao hambúrguer de jabá). Mas que todo esse "ecumenismo alimentar" saiba dispensar o que nos é nefasto, tais como enlatados perniciosos, açúcar e arroz brancos, certas conservas deteriorantes e assim por diante, para que dos trópicos extraiamos o melhor. Quindins e bolinhos de arroz integral, feijão-mulatinho e carne de soja, algas e mangabas, buchadas e cozidos, guaraná de verdade e saquês. Mas que tudo nos venha saudável, da "pimentaterapia" (minha bisavó desencarnou aos 120 anos vivendo da culinária paraibana) à "florterapia", pois é no saudável e na peculiaridade de cada organismo que reside o segredo da boa assimilação alimentar. Vamos encerrar citando versos de uma canção da insuspeita lavra Raul Seixas-Paulo Coelho: "O que eu como a prato pleno / bem pode ser o seu veneno".

Orações polares.

XV

O dado meramente político-econômico é insuficiente para que se estenda toda a onda de ebulição que assola a face da Terra. Existe algo a ligar as agitações de rua na Europa e as depredações ecológicas que andam à solta, e – já dizia o profeta – nem toda explosão de revolta humana tem origem no estômago ou na falta de teto. Da segunda metade do século para cá, todo e qualquer movimento ficou mais difícil de ser entendido à luz apenas das precárias ferramentas da "sociologia". Don Juan deve estar dando risada e Casteñeda não pode deixar de registrar mais essa gargalhada. Um alô aos retirantes: nem tudo que brilha é luz.

XVI

A paranoia da "Segurança Nacional", já incorporada na pauta das decisões como algo legítimo e (sic!) sóbrio, faz o dia a dia contemporâneo pleno de sangue a jorrar, da veia dos homens e dos animais, numa destruição que nada exclui. De suas entranhas, a Terra, ser vivo que também é, rugem vulcões, a lava esguicha, a segurança astral balança perigosamente – mas não cai. Há um turbilhão do querer positivo. Se não me falham as antenas, em andanças Brasil afora, foi fácil detectar que, à inércia e descompromisso histórico, contrapõe-se a altivez do espírito resoluto de todas as tribos neoaquarianas. Com seus napalms invisíveis, franco-atiradores da Falange Maitreya sabotam os ativistas das trevas, naquilo que Ouspensky tão premonitoriamente batizou de "atentados mágicos". Aviso aos retirantes: "penso, logo desisto", isso sim é o que foi dito, naquele instante cartesiano.

XVII

Furacões e maremotos, terremotos, vento e chuva, vulcões que ressurgem das cinzas, estiagens avassaladoras e invernos glaciais. Ditaduras políticas à sombra do poder militar, fome e pragas na face da Terra, a vida microbiológica fervilhando por todas as entranhas e as fotos do satélite revelam um rosto cristão (?) quebrando a monotonia da paisagem marciana; os relaxamentos dos costumes, e o som progressivo. A reflexão metafísica se impera como ímpeto da inteligência por que todo esse quadro a exige, filha do meio em que nos encontramos, eco de todas as indagações. Quem não indaga não desbrava.

XVIII

Enquanto o velho discurso político vai reconquistando seus espaços, os ventos realmente renovadores da nova cultura e do novo pensamento vão urdindo o mesmo pela tangente, também a cumprir seu destino astral. Anarquistas de todas as cores, franco-atiradores neoesotéricos, gente que resistiu incólume às trevas do Kali Yuga, todos estão assumindo compromissos consigo mesmos, à luz da estrela bailarina, todos a postos em suas guaritas invisíveis. Mais aviso aos retirantes: quem planta seus males encanta.

XIX

Ânimos acirrados, dentes e alma trincados, "representantes" de nações as mais diversas ocupam a cena e, via satélite, ficamos a saber de suas últimas loucuras. Tomam-se as decisões na penumbra dos gabinetes, entre tacadas de golfe e tiros à raposa, tudo é súbito. Justamente por isso complica-se o jogo internacional. À opção (recorridíssima) pelo argumento bélico somam-se fome de alimento e combustíveis, de drogas e prazeres, crise de credibilidade generalizada, é Terra que ruge, um mar que se agita, rebeliões climáticas e pouca vergonha ecológica, tudo isso à luz de uma conjuntura astroplanetária singular e, sobretudo, atuante. Refolhear a edição especial de Astrologia que a *Planeta* atirou às bancas no início daquele tenso 1982 é como debruçar-se sobre o mapa do noticiário de hoje. Mas por cima das nuvens negras o Sol brilha na real. Aviso aos retirantes: os cães já ladram em saudação à caravana.

XX

Leitores generosos e desinteressados não nos cansam de recordar, por carta, telefone ou simples telepatia, da missão, neste movimentadíssimo fim de século, notadamente no que diz respeito às terras do novo Aeon (e não vai por aqui nenhum nacionalismo careta ou *démodé*). Esses sempre atentos irmãos da Fraternidade Branca vivem a dar toques para que se esteja sempre ao abrigo da Luz. Dizem ainda – e isso é pra lá de confortante – que as mais altas confrarias zelam para que as forças positivas do bem logrem êxito em sua missão de longa vida ao ativista sincero. Aos retirantes: o que os olhos não veem o coração pressente.

XXI

Este implacável sertanista-filósofo que sempre será Cláudio Villas-Bôas recomendava, dia desses, muita calma à sociedade xarope contemporânea. Alertava para que ninguém se deixasse "atropelar pela História". Nova Era é todo esse movimento que se espalha. Os russos filmam alucinações psicóticas pela primeira vez; na mesma Europa, campônios contemporâneos aliam poderes de adubos químicos à assistência agrônomo-astral de gnomos e fadas. O terrorismo da contraespionagem científica vem dar conta de que as humanisticamente inocentes fotografias, inventadas décadas atrás pelo dr. Kirlian, aquelas que materializaram em chapas a aura da vida, essas mesmas lentes estariam agora a serviço de interesses bélicos. Poder-se-ia fotografar até o humor da base inimiga a distância. Guerras nas estrelas ameaça o Ocidente; guerra do éter, responde a Cortina de Ferro. Crianças nascem sem cérebro e há quem não pense nisso.

Avalanches de Aquário?

XXII

Passando por aqui, o poeta hindu Rabindranath Tagore detectou na alma e no físico dos brasileiros o melhor protótipo em aperfeiçoamento do homem sensível-prático- -telepata que dominará o terceiro milênio. Cada qual espera por seu Maitreya, mas parece que esse grande avatar está oculto nas entranhas de cada um de nós: onde, como e quando há de se dar esse (re)encontro? Humanoides, seres do astral, jardineiros do Universo, materializações cósmicas, projeções do inconsciente ancestral coletivo, já se falou de tudo a respeito dos ovni e ufonautas tecnológicos. Só que – e isso tem lá seus méritos –, na verdade, não lhes importa o nome ou a forma, mas a expectativa que criam.

XXIII

Os oceanos, o ar e o espaço acham-se hoje cheios de espiões e contraespiões automáticos, lembram-nos Bergier e Pierre Nord em *A atual guerra secreta*. O "poder", já vítima das próprias algemas que atrelou a terceiros, despe-se em fragilidade e mal sustentada arrogância. E os ventos da mudança condizem, com sua forme doçura, às novas tribos que neste momento se articulam em torno de alternativas mais inteligentes e alegres de vida. Em *O planeta de Neanderthal*, Brian W. Aldiss denuncia o perigoso desvio que transformou os meios de comunicação em canais de alienação, uma espécie de adeus à realidade. Aviso aos Retirantes: mais vale você voando do que o pássaro na mão.

XXIV

Se é certo que o homem morre pela boca, igualmente correto é afirmar que a vida longa, paz e saúde também entram pela boca. Alimentação, por incrível que não pareça, tornou-se uma das atitudes mais mecânicas deste mecânico "mundo moderno". Comer bem, saber o que melhor se adéqua ao organismo, é uma atitude e uma escolha tão individuais quanto a opção por preferências sexuais. Como tudo que a onda planetária nos traz nesses dias inenarráveis que correm, também a comida entra na lista dos temas da Torre de Babel. Existem os macrobióticos radicais, os "adaptados", os "vegetarianos éticos", os "filosóficos" e os "orgânicos"; existem os naturalistas, os "existencialistas do rango" (?), os carnívoros bárbaros e os angelicais. Não se esquecendo do comedor de giletes. Quando o momento é de dúvida, nada melhor que a autoanálise, fazer-se cobaia de si próprio e estabelecer aquilo que lhe cai melhor no corpo ou no psiquismo. Mas nunca é demais lembrar o que nos contou a atriz Regina Casé sobre um episódio com Gilberto Gil. O cantor esteve em visita ao grupo Asdrúbal Trouxe o Trombone e, sabendo que seus integrantes estavam obedecendo rigorosamente dieta macrobiótica, levou-lhes de presente uma caixa de refrigerantes com cachorro-quente. E todos comeram a fartar, estalando a língua e lambendo os lábios. Conclusão de Casé: "Quem tem de ser integral é a gente, não só o arroz".

XXV

O manipular prematuro de certos mistérios da matéria, como já se disse, fez o homem transformar a tecnologia num brinquedo divertido, curioso, perigoso e – o que é pior – inesgotável. Sabe-se que determinados cientistas estão neste momento reunidos em confrarias fechadas e secretas, mantendo o conhecimento à distância da alta pirataria cósmico-planetária. O tédio e a descrença assolam as universidades e, como Einstein já previa, a intuição e a experiência direta atropelam a palavra dos "mestres" do "ensino". Aviso aos retirantes: quando o discípulo está pronto, o mestre desaparece.

XXVI

Cláudio Villas-Bôas, o sertanista-filósofo, amigo e irmão, gosta de lembrar que não há por que se temer por apocalipses, pois que tanto faz morrer de sarampo, febre amarela, atropelado, em cataclismos ou de disenteria. Permanecerá sempre o maravilhoso espetáculo da transformação incansável da matéria, destruindo a si mesma para renascer em espírito ou em suas novas formas de condensação. Agora, neste exato e preciso momento, novíssimos alquimistas burilam ousados delírios metafísicos, cobaias de si próprios que são, todos empenhados em extrair pérolas às águas turvas. As "grandes potências" mostram suas garras e fazem cair o tênue pano que lhes ocultava o lado pesado da paranoia, prenunciando o império da anarquia e da inconsequência. Retirantes: um ombro amigo vale mais que mil divãs.

XXVII

Se os meios de comunicação já se viam pressionados a dar voz a todas as correntes de pensamento, hoje e daqui para sempre estarão intimados a dar vez a todos os projetos em desenvolvimento. O incessante intercâmbio entre os grupos alternativos, as comunidades rurais, os neoesotéricos aquarianos e os revolucionários da vida futura há muito deixou de ser possibilidade: já é questão de sobrevivência. A etapa dos conceitos está sendo atropelada pela inquietação geral dos ciganos, ao mesmo tempo em que o esoterismo mágico diz adeus às estantes e mergulha de vez no cotidiano. Aviso aos retirantes: quem não fala, Deus também ouve.

XXVIII

Quando o notável neoplatônico Amônio Sacas errava pelas ruas de Alexandria exigindo que as superstições e os vícios mentais dessem passagem à luz redentora da verdade, antecipava-se à postura que o chamado homem moderno exibe hoje. Já na antessala da grande crise, do grande salto e do grande clímax das eras, a pessoa atual vê-se, mais do que antes, obrigada a entender, decifrar, ou ser devorada e atropelada pelo carrossel aquariano. Magia para todos, novas rotas estelares e um sistema nervoso mais adequado às surpresas e exigências que nos esperam. Aviso aos retirantes: algumas seitas já cultuam a glândula pineal.

XXIX

É mil vezes gratificante que uma mente sóbria, arejada e sobretudo atualizadíssima como a de Mário Schenberg, esse genial amigo e colaborador de Einstein, proclame que a Nova Era tem tudo para promover sua revolução no Terceiro Mundo, sobretudo no Brasil. O veículo dessa revolução é a musicalidade, que das artes é a que mais vai fundo na alma. Uma certa intelectualidade brasileira, colonizada e inimiga mal disfarçada da força criadora das massas populares, tem aí um bom motivo para a reflexão. Novo aviso aos retirantes: a sabedoria não está nas bibliotecas; o elitismo foi atropelado pela força criadora dos povos ideologicamente descontraídos.

XXX

A curiosidade, mãe de toda a Ciência, da Filosofia e das invenções, tende a ser mais aguçada e perspicaz quando as situações de perigo lhe pedem soluções urgentes. E quando essa situação de perigo oferece aspectos inéditos, então a tendência é uma verdadeira explosão de criatividade, umas engenhosas, outras delirantes ou por demais ousadas, mas todas unidas pelo traço comum de sobreviver à ameaça. Penetrar em espaços do ser antes evitados, explorar os recursos do aparelho humano, apreciar o movimento dos ventos e muito cuidado "para não ser atropelado pela História", como diz Cláudio Villas-Bôas.

O pior cego é aquele que finge ver.

XXXI

Enquanto o neófito teima em manter a magia nas estantes, é certo que jamais ultrapassará esse degrau da senda inevitável do ocultismo. A Magia de Abramelin pode ser um bom começo para os que queiram sacudir a poeira e romper com a prejudicial monotonia do "estudo" do esoterismo. Nem todos podem se dar ao luxo de esperar por uma tempestade de raios para se transformar num prodigioso Thomaz Green Morton. (Des)fazer as malas e se embrenhar nas entranhas do Roncador? Mais um aviso aos retirantes: é fácil saber de onde vem a luz da Light, mas não é nada simples entender de onde vem a misteriosa luz dos nossos olhos.

XXXII

Cada vez mais a Terra vai deixando de ser o subúrbio de galáxia, para mergulhar de vez no plano cósmico de sua concepção. Tudo isso está se dando em meio ao maior rosário de especulações, reflexões, sínteses e buscas jamais empreendido pelo espírito humano. Enquanto o cotidiano faz ridículo o pensamento científico e tecnológico, a intuição vai reassumindo sua função material de farol nas trevas. Por ser mais complexo e sábio, o aparelho humano triunfa sobre as máquinas, esse subproduto da criação. Novo aviso aos retirantes: não existe religião superior à vontade.

XXXIII

É sempre bom lembrar que a perplexidade é a mão boa de parte das indagações. E não há de ser à falta da primeira que a mente humana deixará de entrar em efervescente ebulição nestes tensos e cheios de surpresas anos 1980. Cresce o volume de indagações e abordagens à procura da chamada "luz no fim do túnel". Quem não indaga não desbrava, afirma o ditado. O genial Apolônio de Tiana nos ensina que a presença do guru é algo nefasto, justamente porque acorrenta ao invés de libertar. Rajneesh também diz isso, mas, coitado, quanto mais afirma essa máxima, mais "cordeirinhos" se fazem os discípulos dele, contradizendo o Mestre de Poona. Vamos assumir nossa solidão cósmica-universal (no bom sentido) e dar um pouco de crédito à onipresença divina. O resto é caça-níqueis e megalomanias embutidas à cata de "órfãos".

XXXIV

Breques ecológicos imediatos, reflexão e pesquisa, cautela na marcha civilizatória, enfim, eis algumas das premissas básicas e sensatas a exigir aplicação imediata. Conscientizar e conquistar o capitalismo internacional para essa causa é mais do que uma estratégia: é uma atitude inevitável. A presença e a voz de um caboclo amazonense no War College dos EUA constituíram-se, portanto, em fato histórico e de altos significados para o desenrolar da humanidade a curto prazo. Falamos do inflamado e, sobretudo, inspirado discurso do senador Evandro Carreira, oratória inflamada e poética, (a)política e cósmica, soprada por seres do Astral. E assim, Macunaíma vai reconquistar as estrelas e o Paraíso, dando passagem ao "homem cordial" de Sérgio Buarque de Holanda, síntese ético-civilizatória que a História nos legou a cumprir. Desta vez, o aviso aos retirantes vai correr por conta deste grande Andrade que foi Oswald: "Os trópicos tem a vocação da alegria".

XXXV

Zaratustra, mais nietzschiano e altruísta do que Nietzsche, contemplava o Sol de igual para igual: "Que seria de ti, ó, Astro-Rei", dizia ele, espreguiçando-se à porta da caverna, "se não fosse eu aqui para te contemplar e juntos festejarmos a vida?". O homem arrasa a Natureza, ele é o câncer da Terra; e quem é o câncer do homem? Bem, o câncer do homem é o horror que ele vem demonstrando à vida. Isto somatiza-se, seus fluídos negativos subvertem as células, instalando-se assim o império da chaga mortífera. Macro e microcosmo. Uma guerra, um confronto bélico, não é apenas uma atitude de "cima para baixo". Existem voluntários (mercenários oficiais) que se propõem à luta, quiçá à cata de excitações guerreiras acumuladas frente às TVs e cinemas. Guerrear é também alienar-se: confrontos grupais camuflam e adiam os confrontos interiores. Retirantes, uni-vos.

XXXVI

Agora a imprensa careta da Europa e dos Estados Unidos deu para chamar Yoko Ono de louca, só porque ela não esconde que continua levando altos papos com John Lennon, no Central Park e nos estúdios de gravação. Não se deve mesmo atirar pérolas aos porcos. É como já dizia aquele velho e sábio índio: o homem que confia apenas nos olhos não é apenas um ignorante; mas, sobretudo, um alienado, pois ignora ser portador de inúmeros outros sentidos, além dos conhecidos, nem sempre bem usados. Astrólogos e alquimistas, ocultistas e franco-atiradores da Falange Maitreya, sensitivos e telepatas de terreiro já garantem que há uma quadratura prevista para estes anos 1980 que nos coloca diante do seguinte dilema: transformação ou morte. É uma dura batalha a ser travada, um mar revolto a ser cruzado. Mas existem aves nos céus e os antigos navegantes já sabiam nisso o prenúncio de terra segura e fértil à vista. Além disso, por não ter líderes a chatear, o Movimento fortalece individualmente todos os guerreiros. Retirantes: por que essa obsessão de ir para o espaço, se nós e a Terra toda já estamos no espaço?

XXXVII

Consultados por Wallechinsky, Amy e Irving Wallace (o best-seller *O livro das previsões*), videntes e futurólogos asseguraram que na virada deste milênio, Bob Dylan fundará uma poderosa e penetrante seita, consequência natural de um cada vez mais profundo sentido de espiritualidade em sua existência. Mas até lá, à carismática e aquilina figura de Dylan já podemos vislumbrar e acrescentar bengalas e longas barbas. Zimmerman apaziguando o fogo ianque. "Ninguém é profeta em sua terra / verdade triste esse ditado encerra", lembra-nos Jorge Mautner, na canção "Negro *blues*". A tragédia já não espanta mais, a opção pela letargia parece ser geral. Assim, nada mais chato e incômodo do que o profeta apocalíptico, visto assim como o tipo "estraga prazer". Legal. Corra-se um cerco desses. Um menino de 12 anos de idade esteve misteriosamente em minha casa no Ipiranga e assegurou: a visão apocalíptica de João foi, em verdade, uma viagem ao passado, possivelmente à época de Atlântida submergida de Platão. Psiu, retirantes: é pelo cajado que se conhece o vidente.

XXXVIII

Astrônomo, físico e poeta, Ronaldo Rogério de Freitas Mourão dedica um dos capítulos de *Astronomia e Astronáutica* às "revelações da astroarqueologia". Na página 56, o notável estudioso observa que "foram as necessidades agrícolas, sem dúvida, que conduziram os povos pré-colombianos ao estudo do céu". Dentro de uma economia de planejamento essencialmente agrícola, tal situação levou a feitos notáveis – o mais importante de todos os monumentos arquitetônicos mesoamericanos é o "Caracol", talvez o observatório astronômico de todas as Américas, hoje parcialmente destruído, na península de Iucatã, junto às ruínas de Chichén Itzá. Estamos diante de revelações espetaculares e o futuro próximo trará mais ainda. Se mal digeridas, porém, tudo poderá vir a causar mal-estar, algo como que verdadeiros enjoos mentais. A frequência e a rapidez com que estamos sendo bombardeados de feitos notáveis em campos diferentes – do psiquismo e da eletrônica, da bioagricultura e das medicinais –, porém, exige uma reflexão a que muitas vezes o "boletim" do dia a dia não dá margem. Vamos mergulhar sem medo de águas turvas, pois mais abaixo o líquido é claro como cristal. Pausa maior em torno dos grandes prodígios arqueológicos e dos mistérios das civilizações do passado e – por que não? – uma tentativa de novas leituras em torno de livros sagrados, com muitas menções nada subjetivas sobre "carruagens celestes" magníficas e seres que transmitiam a Arte e a Ciência da Arquitetura e das estrelas. N'*O livro do passado misterioso*, Robert Charroux diz que "a Natureza fala uma linguagem sibilina que os homens interpretam a seu bel-prazer, que muito frequentemente é nocivo". Mas tudo parece ter virado diálogo de surdos. Retirantes: paulatinamente, pau late na mente, tarefas para ti, somente.

XXXIX

Há pouco mais de dez anos, quando a revista italiana *Il Giornale dei Misteri* (Florença, via G. Massaia, 98, telefones 493152-486102, Itália) publicou aquilo que seria a íntegra da mensagem de Fátima, o catolicismo tremeu nas bases: entre outras, a mensagem profetiza o próprio fim da Igreja e, ao que parece, das igrejas como um todo, alertando para o fim das religiões institucionalizadas. Esse delicado ponto da questão é que realmente teria feito desmaiar papas e cardeais, além de obrigar o Vaticano a estabelecer um verdadeiro cerco ao real teor do texto. *Il Giornale dei Misteri* até hoje não foi contestado. Ao ter-se como certo o dito popular de que "quem cala consente", o conteúdo do que ali foi publicado contém a verdade, a verdade que perturba. Sim, pois além do fim das igrejas, tudo o mais que foi dito e profetizado em Fátima é mais ou menos aquilo que qualquer analista de plantão pode prever: confronto nuclear, peste e fome, genocídios e carnificinas inéditas, depredações ecológicas, alterações climáticas e geológicas e, ao mesmo tempo, sobre os escombros dos templos e das igrejas imprestáveis, por sobre as ruínas do velho Aeon, habitar a Terra Nova. Por que o Vaticano não escancara logo as suas portas – antes que os Anjos do Senhor o façam –, não desvenda suas masmorras, não se põe nu diante do seu rebanho? Quem tem medo da mensagem de Fátima? Nós? Certamente que não, e muito pelo contrário. O que nós temos é curiosidade, queremos saber já, pois essa mensagem não é patrimônio de meia dúzia de banqueiros metidos a papas e cardeais, discípulos de Paul Marcinkus, o "Alexander Haig de batinas", o mafioso que tramita pelos corredores atapetados e vermelhos do Vaticano (sangue que jorrou da Inquisição?). Aos retirantes: em matéria de psicanálise sacra, nem sempre o bom é ter a pia batismal.

XL

Para muitos, o fato de "o dia do nascimento ser a véspera da morte" – como bem recorda a sabedoria universal coletiva – constitui-se num incômodo e algo revoltante vaticínio. Instala-se a sensação de que houve uma condenação à revelia, enquanto o íntimo do ser clama e reivindica pela eternidade. Qual advogado em causa própria põe-se o *homo pensantes* a arquitetar toda uma defesa em nome do direito à existência *ad eternum*. Porém, por desconhecer em verdade suas origens e quem precisamente foi (é) o autor do Projeto Humanidade, vê-se o homem obrigado a barganhar e argumentar com o imponderável, com o invisível desconhecido; passa a transar muito mais em função daquilo que "sente" em relação à questão vida-morte. Claro, sempre em proveito próprio, buscando dar prosseguimento – desta ou daquelas formas – às sensações e eventuais prazeres desta Terra. Sôsam, um dos primeiros mestres zen-chineses, concebeu, certa vez, um lindo poema, por ele batizado "Shin-jin-Mei" ("A confiança da mente"), de cuja íntegra vamos brindar alguns versos:

> Ignorância faz nascer ideias de repouso e confusão.
> Na Iluminação não há preferência nem desprezo.
> Todas as formas de dualismo
> são cegamente recolhidas pelo próprio ignorante.
> São elas semelhantes a flores no ar.
> Por que se atribular para tomar conta delas?
> Ganho e perda, certo e errado, vida e morte:
> fora com tudo isso, de uma vez por todas!

A inquietação das culturas em torno de tão doce mistério é algo a ser tombado pelo patrimônio histórico cósmico. A sensação de participar de um banquete – ou de uma calamidade – às custas e, muitas vezes, por ordem de alguém ou algo que ignoramos, admitamos, não é nada confortável. A esperança jamais será a última, pois não corre. Aos retirantes, novo aviso: o pouco com Deus é muito; o muito sem Deus é nada; eis o mistério da tabuada.

XLI

As sondas espaciais e suas novíssimas informações apenas fazem crescer o mistério do Universo, ao invés de esclarecê-lo. Quanto mais vasculhado e adentrado, mais se nos ocultam suas reais dimensões e propósitos. Mas é fácil sentir que toda a expectativa em torno desse desafio parece prenúncio de que algo fantástico e revolucionário está prestes a se revelar. Nem todos suportam com bons olhos a possibilidade de dividir com outras fraternidades e linhagens a habitação do Cosmo. A maioria ainda acomoda-se às medievais teorias do antropocentrismo, não admitindo a pluralidade dos mundos habitados – e muito menos por seres humanoides ou o que o valha. Tal sentimento egoísta é compreensível; pois, afinal, o atual estágio evolutivo da Terra é propício a sentimentos negativos de medo e posse. Passando ao longe de certa ciência e seu rosário de caretices, o fenômeno UFO desencadeia profundas indagações a respeito da origem e finalidade da vida, obrigando a mergulhos profundos, inacessíveis, muitas vezes, ao pensamento aprisionado e estreito de certas cabeças pretensamente contemporâneas. A propósito, vamos pinçar uma preciosa observação de Helena Petrovna Blavatsky em *A ciência oculta*. É por demais pertinente: "O Cosmo é todo guiado, controlado e animado por séries quase infinitas de hierarquias ou seres sencientes, cada um tendo uma missão a cumprir, e que quer lhes demos um nome ou outro, que os chamemos *dhyan-chohans* ou anjos – são mensageiros apenas no sentido de que são agentes das Leis Cármicas e Cósmicas". Sabe-se que os tempos de crise instigam a imaginação e o espírito aventureiro – os duros anos da "peste negra", na Europa Medieval, alimentaram as esperanças do "Mundo Novo", que precedeu o ciclo das grandes navegações. Hoje, quando uma espécie de nova "peste negra" paira por sobre a aura do planeta, certamente é chegada a hora de dar voos mais ousados, na direção do espaço infinito e – por que não? – também mergulhos no espaço igualmente infinito de nosso interior, por dentro dos seres, onde certamente repousam os poços de mistérios mencionados por Jung. A tentação de dar novamente palavra a madame Blavatsky é algo irresistível. *Tá* registrado à folha 93 de *A chave da Teosofia*: "Não cremos na criação, mas sim nas aparições periódicas e consecutivas do Universo". E tudo é uma loucura. As viagens espaciais piram a cabeça de qualquer astronauta não robotizado. Desta vez, Arthur Koestler e Mário Quintana é que darão avisos aos retirantes. Em *O fantasma da máquina*, o primeiro vem com esta: "Se a Natureza tem horror ao vácuo, a mente tem horror ao que não tem sentido". Já o poeta gaúcho captou esta preciosidade: "Os extraterrestres podem estar interessados apenas nos insetos / seres mais curiosos que os homens".

XLII

Se é mesmo verdade que o caos e a anarquia sempre constituem o pano de fundo ideal para que as grandes revoluções sejam desencadeadas, então estamos em pleno processo de transformação e regeneração totais. Os animais – essa maravilhosa antena da raça, onde o radar perde em matéria de detectar perigo próximo – já não se sentem seguros em suas tocas, malocas e apartamentos, e muitos já abdicam de suas propriedades urbanas em prol de projetos alternativos mais realistas e confortáveis, para não dizer viáveis. Nova cultura brasileira no ar. Instabilidades econômicas, psíquicas, ecológicas e minha amiga Rita Lee é quem resume: "nada do homem assumir sua porção-mulher e vice-versa. Assumir a porção-criança – eis a Arte, a manha."

XLIII

A atitude do homem moderno, tentando encontrar a origem da vida dissecando cadáveres, é igual à de um índio que, em plena selva, encontra um radinho de pilha ligado e passa a desmontá-lo feito louco, à procura do "homem que fala lá dentro". Todas as ciências estão em julgamento. É o momento histórico das reavaliações. Nada como o caos para excitar as imaginações. Os soviéticos da "Cortina de Éter" penetram na aventura do conhecimento munidos de máquinas, as Bíblias passam pelo crivo da parapsicologia, os subterrâneos do psiquismo ainda intrigam e a Ilha de Páscoa continua à espera do seu Champollion. Posseiros, grileiros e monastérios aos pés da Serra do Roncador. PhDs americanos do Norte garantem que uma boa gargalhada reativa as células da vida. Então quem tem razão é a massa, que diz: "Esse negócio de quem ri por último ri melhor é desculpa, cascata; quem ri por último é porque demorou a entender".

Rá!

XLIV

Dentro de 15 anos, o que estaremos presenciando não será apenas mais um fim de século, mas sim o fim de todo um milênio e, sobretudo – e aqui o esoterismo confirma o cientista e vice-versa –, o fim de toda uma era e o início de outra. É certo que haverá um extraordinário salto de qualidade na área do conhecimento em geral. Os sintomas já estão aí, presentes no cotidiano de todo homem contemporâneo. Neste número cada vez maior de encruzilhadas, com mil setas apontando em todas as direções, parece que a única seta capaz de conduzir a algo é aquela que ao mesmo tempo também poderá nos matar: a que aponta impiedosamente na direção do nosso coração.

XLV

Longos anos de estrada ensinaram os ciganos a revidar o desdém com o altruísmo. Ladrões, bêbados, itinerantes, alegres e musicais, introduziam na paisagem da Idade Média como que um *flash* antecipado das tribos *hippies* do futuro tecnológico. Será que já sacavam naquela época que a civilização caminhava para o nada e que era preciso cantar e disseminar o misticismo por todos os cantos dos céus e do chão? A estrada iria ainda lhes ensinar algo que a juventude *beat* dos anos 1960, bem como toda a revoada do pessoal *on the road*, acabaria por esquecer: a alegria permanente de viver. Se alguém já não vê no mundo motivos para alegria, eis aí um bom pretexto para cultivá-la como bem maior. Nesses dias atuais de nacionalismo egoísta (e todo nacionalismo tem algo de lesa-humanidade) e refugiados por mares e terra, o último povo sem pátria da Terra transporta uma fascinante história de magias e danças, ritos e ética (a deles). Do pós-guerra para cá, não houve jovem que não deixasse de pensar na possibilidade de vida cigana como o grande lance. Cair na estrada, claro. Mas... haja combustível.

XLVI

Ao prefaciar *A primeira e última liberdade*, obra do penetrante Krishnamurti, Aldous Huxley nos bate à porta da percepção e avisa: "O saber é um conjunto de símbolos e, na maioria das vezes, um obstáculo à sabedoria, ao descobrimento do 'eu', de momento a momento". A reflexão vem a calhar. "Anos 80 / charrete que perdeu o condutor", diz Raul Seixas, numa canção que tem a década por musa. E, em verdade, à medida que adentramos este enigmático decênio, notamos cada vez mais que algo descontrolado e desgovernado, de grandes proporções, aproxima-se qual um carrossel das nossas cabeças. Todos querem se informar, há uma grande sede no ar, consequência, talvez, da escassez da água pura e de portas confiáveis. Mas – e aí a observação de Huxley cresce em significado – o manipular desastrado de toda a simbologia que se nos apresenta pode gerar o caos e disseminar a perplexidade. Os astrólogos (assim como as ciências ecológicas e cercanias), claro, não são portadores de boas notícias para a Terra nestes anos que nos esperam. Nesse imbróglio todo, é fácil o pânico vir à tona. Uns dizem que não se deve semear o medo, praticar uma espécie terrorismo esotérico-científico. Estamos em pleno acordo. Porém, se a paúra não deve ser alardeada, também é certo que a indiferença aos fatos não pode ser estimulada. Como diz a metafísica caipira: carma é água fresca. Os neociganos vão desarmar suas tendas e remontar acampamentos, vagar suas mentes por terrenos sutis e novíssimos, por neurônios nunca antes navegados, injetando leite nas pedras, ao invés de sugá-lo.

Sem mais, deixo por menos.
Orações polares.

XLVII

O massacre metapublicitário faz o campesino sonhar com arranha-céus e o homem urbano alimentar a eterna ilusão de que o Paraíso será sempre o próximo final de semana. A indústria da felicidade vale-se da miséria contemporânea assim como o abutre fareja os mortos. "Por que forjar desprezo pelos vivos?", pergunta-se um indignado Caetano Veloso em "Ele me deu um beijo na boca". Diversões eletrônicas, palavras cruzadas, bolsa de valores, compra e venda de tudo, etanol ou rubiácea requentada, pose, truques, apologias do nada. Sabe-se que o arrocho no setor agrícola acelera sempre e cada vez mais o êxodo rural, entupindo ainda mais as periferias das metrópoles, submergindo no caos e na anarquia aqueles que um dia deram vivas ao luar do sertão. Mais eis que de repente a intuição reassume sua função maternal de farol nas trevas e novamente as ideias são uma moeda forte, pensar é viver, planejar, ousar às últimas consequências tudo aquilo que dá vida à cena. E que não se percam as últimas da Falange Maitreya, logo após os comerciais.

XLVIII

Nada de renegociar a chamada "dívida externa". Vamos negá-la. "Nós não vamos pagar nada", sugere Raul Seixas na canção "Aluga-se" e, nesse sentido, um importante general também fecha com o *rock'n'roll*: o Andrada Serpa, num encontro da SBPC, apontou o grande calote como solução para este kafkiano impasse. Sensitivos, telepatas e até mesmo alguns cartesianos da ciência ortodoxo-careta já apontam para o grande caos e rebu que se aproximam. Quando tudo se tornar mais quente, a ordem civil irá para o espaço, o sistema financeiro internacional perde totalmente o sentido e, com ele, ninguém mais saberá o que fazer com suas moedas, seus níqueis imprestáveis e sujos de sangue e miséria. O sentido da posse torna-se então ainda mais kafkiano, pois apoderar-se de massas falidas é pagar o sapo. Então será (já é?) a hora, a vez dos falangistas Maitreya, que com sua brandura pousarão olhos novos sobre a Terra, limpando-lhe as feridas e rearrumando a Casa. E tudo é aviso aos retirantes.

© Editora NÓS, 2015
© Edenilton Lampião

Direção editorial SIMONE PAULINO
Projeto gráfico BLOCO GRÁFICO
Revisão DANIEL FEBBA
Produção gráfica ALEXANDRE FONSECA

Texto atualizado segundo o novo
Acordo Ortográfico da Língua Portuguesa.

Dados Internacionais de Catalogação na Publicação (CIP)
(Câmara Brasileira do Livro, SP, Brasil)

Aviso aos retirantes / Edenilton Lampião.
São Paulo: Editora NÓS, 1ª edição, 2015

ISBN 978-85-69020-03-5

1. Crônicas brasileiras I. Título.

15-07359   CDD-869.8

Índices para catálogo sistemático:
1. Crônicas: Literatura brasileira 869.8

Todos os direitos desta edição reservadas à Editora NÓS
Rua Doutor Francisco José Longo, 210 – cj. 153
Chácara Inglesa, São Paulo SP | CEP 04140-060
[55 11] 3567 3730 | www.editoranos.com.br

Fontes ARAUTO e GARAGE GOTHIC
Papel POLÉN BOLD 90 g/m²
Impressão LOYOLA
Tiragem 2000